입맞춤

이정은 시집

입맞춤

국립중앙도서관 출판시도서목록(CIP)

입맞춤 : 이정은 시집 / 지은이: 이정은. ─ 서울 : 한누리미디어,
2011
  p. ;   cm

ISBN 978-89-7969-385-0 03810 : ₩8000

한국 현대시[韓國 現代詩]

811.7-KDC5
895.715-DDC21   CIP2011001399

이정은 시집

입맞춤

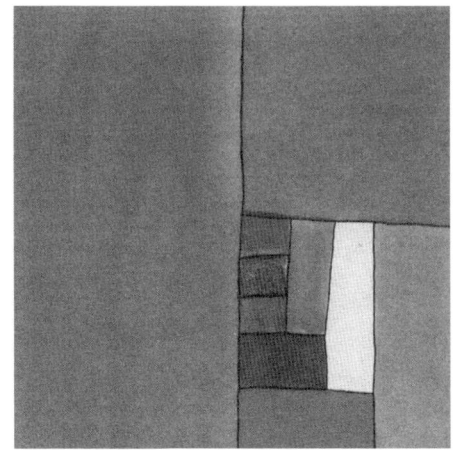

한누리 미디어

아름다움은 시간을 가로지르고
침묵은 무기를 얻으니

　　ー 삐에르 장 쥬브 〈찬가〉 中

1부

2부

3부

4부

5부

6부

1

소나기

빛을 먹고 퍼붓는 빗줄기
눈 뜬 잠을 위한 장막
어둠은 깊은 가슴으로
울음을 번쩍인다
빛나는 칼날을 긋는다
근원으로부터 오는 울부짖음
빗방울의 애타는 반복
자연어(自然語)의 문맹아

입맞춤

무엇을 생각하는 사람인가
릴케가 장미 가시에 죽어가듯
마지막 입맞춤으로 지옥의 문을 열다
아담의 오랜 생각은 사과를 떨어뜨렸다
나의 이브여 지옥의 여신
만유인력에 맞서는 신의 손이시여
뱀의 독은 이미 퍼져 갑니다
유다의 입맞춤은 사랑입니까

옆모습

빛바랜 눈
서서히 오르다가
기울며 떨어지는 코
붉게 여민 입술

너의 눈에 말 건네고 싶다
너의 두 숨결에 겨울이 내린다
너의 입 안 강가에서 눈이 온다

지하철에서 버스에서 거리에서
옆모습이 수없이 지나쳐 간다

설레임

당신의 속삭임을 듣기 위해
시간을 버렸습니다

초승달로 찾아오는 설레임을
쪽빛 종이에 그립니다

별 그림자

먼 산 바라보며
고개 돌린 별 그림자

달이 낳은 가로등
나무에게 빛을 드리운다

"Muscle Poetry"

근력적인 시와 같은 옷을 추구한다
침묵은 시의 근육으로 움직인다
브람스의 나른함에 시의 음색이 투명하게 입혀져
부드러운 음표들은 화학반응을 일으켜 서정으로 결합한다
시는 삶으로 떨어지는 신을 생성하는 묵음
시의 근육은 영혼을 흡수한다
발가벗은 언어에 시는 은유의 골무를 덧댄다
뿌리의 맨몸까지 깁는 시의 바느질
재봉틀 같은 시인이 되는 것은 절망의 제곱
겨울코트에 부딪히는 먼지, 시와 시의 마찰
정전기 같은 시로 수축된 시의 근육을 깨운다

시적인 나날

새소리를 경청한다
푸르른 산을 오른다
빗소리에 창문을 열고
깨끗한 바람을 맞이한다

아가

해맑게 웃는 아가는 천국이다
찬물에 미소를 띄우는 아가는 상쾌한 하늘이다
아가의 소리는 영혼의 계곡물이다
가을빛이 웅덩을 밝히며 나뭇잎을 흔든다
아가는 별의 생애를 사는 낮잠이다

토끼풀

저녁해가 머무르는 구름 언덕
토끼풀은 아주 조그만 목소리로
속삭이며 바람을 깨운다
퍼덕이는 새의 날갯짓은 짙은 수풀에서
둔탁한 땅을 쩗는다
아름답게 노래하는 샘의 귓속말
태초의 행성이 인류의 이야기를 기다리며
광석과 화석에 생기를 불어넣은 거대한 지표들
소멸로 사라지는 별은
지층에 선명하게 패인 새발자국처럼
작은 놀라움과 흔적을 원한다
자아의 발견과 자각으로부터 생명을 본다
자연은 불완전한 조화와 완전한 혼돈의 역설로
인간사와 문명사를 형언할 수도 없이 보여준다
우연의 질서와 우주의 시간 안에서
토끼풀은 미세하게 생명 그 자체로
하나의 떨림으로 존재한다
미래와 공간을 교차시킬 뿐이다 자유롭기에

외갓집

앞마당 포도넝쿨 잎사귀
여름 볕에 파랗다

철문에 걸린 거미줄로
쏟아지는 만다라

마룻바닥에
들어오는 바람 한 겹

여름 풍경

초록 줄기를 타고
단정하게
피어오르는 접시꽃

아침 따로
저녁 따로
단장하는 분홍 모양새

하늘 가득
아기같이 해맑게 떠있는
하얀 뭉게구름 보고
소곤소곤대는
청자두

석류 열매 깨물어
붉어지는 저녁놀

어디선가
풍경소리 들려오는
여름의 기억

목장

푸른 들판 곁으로
구름이 걷는다

연인처럼 서있는 나무

나무 그늘 아래
밤을 깨우는 열여덟 번의 종소리

저녁을 지나가는 햇빛

바닷가에서 파도소리를
초원으로 보낸다

비밀산책

하늘에 가까운 풀빛 차밭
바다에 내린 눈밭에서
조각가는 사슴을 만든다
징검다리 하나둘셋넷다섯여섯
눈뜨는 연꽃잎을 건너간다
나무 그네에 앉은 까마귀
나비새 한 쌍은 영원처럼 날아간다
좁은 오름길로 만나는 검은 물
바람의 집을 찾아 돌계단을 밟는다
부드러운 눈물의 노루샘
고운 눈동자를 비추어본다
구름 품에 사는 숲길 사이로
하얀 사슴이 생명의 담을 넘어
붉은 바다를 바라본다
빛의 터에서 모든 언어는 침몰한다
돌이 되어 버린 뿔사슴의 날개는
이름 모를 큰 새의 부리가 물어다가
신비한 이슬 숲에 펼쳐놓았다
구름으로 걸어 들어가며 무너지는 그리움
영롱한 수정 동굴은 바위의 낙원

빗줄기에 눈물 가둔 여인
호수의 눈을 덮는 숲의 속눈썹
백로는 별꽃에게 가을 부채질을 한다

2

첫사랑

너와 나의
영원한 공동 부재(不在)

첫사랑으로부터 내려오는
지상의 순수

영원한 그리움

풋사과

초저녁 담벼락 같던 때
너하고 나

담벼락이 망설임으로 부서지고
담벼락이 아쉬움으로 부서지고

낮 햇살이 쌓여가는
사라진 골목길

Poesie

망각은 행운 기억은 기적 집착은 사멸

너 바로 당신 그리고 나의 온전한 전부인 그대에게로 소멸하리라

오늘 나에게 시처럼 날아온 투명한 네온 눈부시지 않은 빛의 육체

별빛이 총총한 겨울밤

유난히도 별이 띄엄띄엄 하얗다

가슴까지 붉도록 핏빛으로 한 잎 한 잎 떨구는 단풍

밤조차 붉은 흔들림에 존재를 숨기지 못한다

굵은 소나기 소리 내는 빗자루로 낙엽을 쓸지만

마음은 돌담길로 저물어가고

하루의 여행이 차창 햇볕과 함께 덜컹거린다

최초의 비올리스트

비올라 켜는 여인은 아이가 넷이었다

손가락에 닿는 줄은 흰 꽃을 피우는 선인장으로

소리에 가득한 가시를 한 음씩 빼내었다

네 아이는 비올라에서 태어났고

아주 오랜 비올라로부터 자라나는 촉촉한 사막

슬프도록 아름다운 활의 자장가

실내악

내 집은 하얀 무대와 같아
멍든 심장 새를 찾아
어둡고 어두운
혈로 사라진
슬픈 물의 소리
동굴의 눈물
川

삼중주

밤으로부터 태어난
빗방울

너로부터 잉태한
예시(豫示)

시처럼 흐르는

슈만의 시

차곡차곡 햇빛 쌓아
해의 입술은 단풍빛으로 물들고
감 열매빛 하늘 차갑게 다가온다

브람스의 시

영롱하게 붉은 투명한 이슬방울
가을에 내리는 빗방울을
알알이 고요하게 마춰시킨다

바이엘의 시

고요하도록 두근거리는
밤을 채우며 내린 눈을 바라보는
햇살의 붉은 창 빛이 따뜻하다

詩의 경작지

시의 씨앗은 겨자씨처럼 날아오는 우연으로
벼이삭에 쓰여지는 획의 뜻에서 피어나는 그을림
흔적을 찾아다니는 시의 전류, 사물에 내리어
모든 사물에 내재하는 시의 조용한 응시
소리와 이슬 같은 아슬한 추락이 이어지는 생기로움
낡은 종이상자와 함께 헐어가는 먼지 같은 몸서리

시 한 편을 위하여

모호함에서 이별하는 일은

한 줄의 시가 다가오는 가벼운 기쁨

한 편의 시

옅은 미소는 무슨 빛일까요
안개꽃 잎이 봄눈으로, 유일한 겨울

불꽃 소리가 당신의 손에서

시

사라진 슬픔
기쁨의 종교
은유의 음율
상징의 사상
사유의 근원
미의 왜곡과 진실

시에 대한 세 가지
−스승으로부터

시는 이데아다
시는 이미지다
시는 메타포다

시인묵객

반쯤 언 강까지 절벽이 얼음을 깎아 북벽은 지난한 빗물을 쏟았다

산 담장을 따라 태양이 굴러가며 굵은 빗대가 검은 꽃잎으로 피어났다

말발굽 소리가 들려왔다 바다에서 버려진 메마른 흙 위로 파도가 쳤다

강의 폭폭한 안개와 고슬고슬 익어가는 죽음 위로 맑은 술이 흔들렸다

초승달에 이는 바람 한 점이 강을 건너는 외줄기 행렬의 긴 땀을 마셨다

물내음으로 씻긴 붉은 비린내 까마귀 한 마리 절벽에 앉아 유유자적

눈 뜬 별빛이 검은 밤하늘에 흐르기 시작했다 나무 한 그루 베어졌다

늦가을 석류 열매가 익어 이른 설손 서리더니 알알이 부릅 시작했는가

갈 곳 없는 멧돼지 갈무리 炭, 겨울나무 줄기 사이에서 흙냄새 그리운가

돌의 소리, 설운 울음 애달프다 살이 두 숨뿐이니 온 길 따라 청산 가는가

3

수즈달의 강가

아름다운 시의 소리

달빛으로 흐르는 강가에서

나뭇잎이 떨어진다

노란숲비 쏟아진다

이슬

가을 한 잎,
지구를 울리는 소리로
유리종을 깨뜨린다

하얀 손,
경이로 기울어지면
그리움은 심장을 두드린다

뜰에서 —바람의 念

어린 자작나무가
눈가에 서서 흐느낀다
들녘의 가을은 회색 빛 비애가
피어오르는 긴 낮
숲길은 폭풍을 보내고
키 큰 나무는 땅에게 통곡한다
나무가 하늘로부터 최초로 후퇴한 때
새소리처럼 움직이는
아직도 푸르른 빛을 삼키는 마른 냇물
밤에 일어나는 적멸의 전부

적멸이란 없다

아름다운 날

자작나무의 하얀 촛불이
숲 속을 밝혀 갑니다
한 번도 읽힌 적 없는 시는
열세 번째 투명한 별이 된
얇은 자작나무에 새겨져 있습니다
하얀 별은 새의 날개에 잠들어
깊은 밤을 날아갑니다
최초의 시는 노을 빛
비밀을 숨기지 않습니다, 다만
누군가의 시가 될 때까지
모든 고요로써 잠자고 있을 뿐입니다
믿음은 아름다운 붕괴로
세상의 많은 소리를 언어 너머로 채웁니다
시인이 지구에서 소멸하기 전
오랜 기다림으로
가을이 켜놓은 초저녁 불빛이
아름다운 날이었습니다

기도

엘로라, 돌로 만든 배가 바다에 뜨리오

아잔타, 바퀴 없는 수레가 바람에 돌아가리오

애쉬타, 사슴뿔이 버찌나무가 되어 자라리오

타지마할, 돌에서 뿌리가 꽃으로 피어나리오

마술사에게

더 이상 시인은 존재하지 않는다고 생각했다
마지막 시인을 만났다
아이들에게 아픈 별의 이야기를 들려주었다
벤치에 앉아 모호한 격정을 의아해 하는 푸시킨 곁에서
작별 인사를 했다
어깨를 스치는 오래 된 가게의 종소리가 맑았다
시인으로 태어난 햇살 같은 영혼의 소년이 인사했다
시는 마법사의 주문 인생의 법문 사랑의 발문
최초의 기차소리를 닮은 시인은
유년의 현실에 까맣고도 신비로운 구멍을 만드는 놀라운 탈주자였다

기억

바람에 흩어지는
얇은 시집의
시들을 길가에
뿌리며 너를 찾아
갔었다
책 안에는
온통 꽃잎만 남아
씨앗은 내가 적은
몇 글자에
심어져 있었다
느낌이란
가을바람처럼 아늑하며
멀어지는 이슬비

욕망

하얗게 들어오는
웃음은
창에서 다가오는 정오가 아니다
너의 일탈은
점점 가벼워지더니
낮과 함께 뒤척였다
공중에서 가득 찬 공기는
내 당혹한 마음까지 와서
높은 구두에서 잠시 서성인다
시선은 발목에서
종아리를 오른다
뒤돌아보는 전망은
모든 경계선을 잊게 한다
단 하나 잊지 말 것은
빗발치는 사랑의 율동
집요한 생존에 함몰되기를 꿈꾼다

여행

빈 가방을 채운다
무박으로 너를 여행하고 싶다
새카만 겨울나무가 보고 싶다
저녁의 낡은 햇살을 안고
나란히 걷던 언덕길에서
너의 기다림까지 다녀오고 싶다
사랑은 참과 거짓을 모른다

이별의 서정시

시간이 멈추면 지나가는 바퀴
기차의 기다림 안에서
마차에 달린 풍경이 종소리로 스쳐간다
12월 산봉우리 눈이 가볍게
날리며 높게 흩뿌린다
모든 아픔이 빗물에 녹아 미끄러진다
가장 슬픈 불빛이 검은 발걸음으로
하나씩 켜지면 부드러운 밤은
저토록 파랗게 무엇에도 아름다운 바다로
시립도록 차가운 바다의 가슴
가난할 수 없는 마음이
얇게 깔린 눈발을 아침보다 먼저 쓸고 있다
하루 동안 꿈은 눈으로 쏟아지고
사물들은 굳은 약속 위로 눈을 덮는다

슬픈 은유

조개의 깊은 아침
하늘 빛 싹

셸리를 위하여 For Shelley

1.

천국을 보았네
하얀 꽃소리가 갈대로 흔들리고
바람은 순수로 붉어지는 모든 사랑을

I see
beautiful lot of heaven like dream
white flower-sound tremble o'reed indeed
wind fade red innocent e'more and more with all love

2.

바다의 스며지는 물살이 지어준 집에서
떠날 줄 모르는 맑은 푸른 물고기를
난 보았네

I saw
lucid green fish ever a'round
in sturn of tide awaken blue lullaby

4

일식

해를 지나온 달
구름을 버선발로 반기며
기뻐하는 황토빛

구름의 속울음
흙 묻은 한 쪽 발 씻어
샛노란 달

계곡

바람 소리
물소리 따라
어디로 흐르는가

나무로 깎은 심장
깨우는 소리
목탁 소리

장작 패는 산속
시의 영혼 두고 온 곳

반달 곁에서

붉은 별빛으로
잦아드는 나무 장작

하얀 달빛은
자작나무 가지 손사래

백제(百濟)

왕인과 구십구인은
백제를 이루어
고요한 바다 건너

청수사 세 줄기
물 위로 흐르는
대나무 배

바람 소리와 물소리
가느다란 잎새 같은
속삭임의 파도

산들바람에 날아온
백제 수목장의 숨결

백제성왕(百濟聖王)

쿠오바디스, 구세관음

호류지에 뜬 노란 연꽃
보름달과 함께 오시는 아버지
흰 골짜기에서 눈물 한 방울
금빛 사리병에 담아
아들 세상 구하러 왕홍사까지
한 걸음에 관세음보살
구세관음상으로 웃으시는 아버지

난파진가(難波津歌)

백마강 물결에 발 담그니
부여 탑이 층층으로 쌓여간다

섬나라 오사카성 안으로
흐르는 비파 소리

오천 년을 사는 나무
맑게 핀 한 송이 큰 나라 꽃

백제화원(百濟花苑)

바위는 석곡을 하늘로 보낸다

둥근 나라로 가는 벼의 손가락

직선의 날카로운 침묵 떠오른다

목각 인형은 닭처럼 알을 낳는다

빛의 향기

빛에 향기가 있을까

어머니 옷에 배인
향기로운 빛

눈부신 평온

아름다운 집

두 눈동자
나의 목―숨― 쉬는 집, 아름다운
한 조각 구름, 휘―
영혼의 창을 넘어
아름다운 시샘으로, 슬픔이 부는
시인의 숲으로 날아가리라

自問

해가 저물어 가는 때를 기억한 만큼
해가 떠올라 솟는 때를 기억하는가?
얼마나 수많은 저녁을 아름답게 보내고
얼마나 수많은 아침을 아름답게 맞는가?

저녁

햇살이 언제 가장 아름다운지 알아?

오후 4시부터 5시 사이 저물면서
노을에 빛으로 색을 물들이기 전에 찬란하면서
바라볼 수 있을 정도로 눈부시게 빛날 때

성심을 다하는 일몰의 속도로
완벽한 일몰의 색감을 투혼을 다하며 준비할 때

언덕 위에서

미래도 과거도 없이
바람 부는 언덕 위에서
지금과 나란히 누워 있다
눈을 밝혀 준다

시는 일종의 自己 기록

나무 그늘 아래서

그 바람, 새를 놀라게 한 강한 바람은
엉킨 감정의 고리를 끊고 관계의 실마리를 가져간다

그 상쾌함, 바람이 바늘 같은 시간을 몰아가 버린 것이다

소리

공기 속에 묻힌
첼로 소리는
다리 사이에서 깊게 울리며

바람에 흩어지는
피아노 소리는
나뭇결에서 가볍게 흩어진다

공기,
소리,
바람,

바람이 반짝이다
소리가 불어온다

5

꽃의 기적

모든 일은 다 끝나 버렸노라고
그러나 아침에 눈을 뜨자
내 정원이 꽃의 기적으로
가득 차 있는 것을 보았습니다

-기탄잘리 中

마른 흙이
밤비로 소생하고
나무 등걸에
작은 초록 잎이
돋아나는 기적

나무줄기에
하얀 꽃이
밤의 지그시 감은
눈동자로
아침을 부를 때

합리화(合理花)

이기심(理氣心)에 묻힌
긴 생명력의 잡초가 생겨났다
잡초는 어느덧 꽃이 되었다
시인과 문인이 궁리하여
해당화(海堂花) 봉선화(鳳善花) 닮은
합리화(合理花)로 하기로 하였다

시

섬세함으로 순수를 가르는 신의 가위질

씨실날실은 인간사

생명의 재단사

의자

누워있는 의자가 말했다
바닥에 서있는 의자는
잠을 빼앗긴 평안이야!

무대

비어있는 무대는 공간의 차지
텅 빈 하얀 무대
무대는 고래를 그리워한다

허무

허공을 응시하는 가슴은
자리를 찾지 못한다

눈앞을 떠도는 상념은
말을 내지 못한다

불안

삶은 죽음에까지
얼마큼의 불안을
지불해야 할까

삶은 행복에까지
얼마큼의 불안을
소비해야 할까

하얀 평면 공간에서
불안은 소멸하고
글자는 잔인하다

경계

불태우는 마른 낙엽의
연기로 피어오르는
회색의 꽃!

창가에서

높은 바람이
파도에 넘실거리는
유리창 사이로 일렁이며
서서히 겨울이 들어오는 소리

어느 날

낯선 이름으로부터
우편을 받았다
아름다운 시편들이
나의 눈을
나의 마음을
나의 열정을
나의 스무 살을
상기(想起)시켰다
사랑하고 싶었다

영혼의 모험가

해안가 지층의 화석이 되었다가
깊은 잠에서 깨어난 영혼의 모험가가 있었다
화석에는 흐릿한 그림이 그려져 있었다
바다를 그리워하는 소금사막의 이야기
소금사막의 한 방울 눈물 신기루, 오아시스
구름과 새의 소리가 암흑에서 돌을 잠재우고 있었다
청동거울에서 피어나 반짝이는 바다별, 불가사리
영혼의 모험가는 별과 꽃에게서 死滅의 자유를 보았다

세상에 없는 것

사랑하는 사람의 심장소리보다
아름다운 리듬이란...
사랑하는 사람의 숨소리보다
아름다운 음악이란...
사랑하는 사람의 목소리보다
아름다운 떨림이란...
사랑하는 사람의 웃음소리보다
아름다운 울림이란...

연애편지

사랑하는 바람소리가 들리는 곳에
나무와 켜로 옛 슬픔을 소리로 보이지만
영혼의 음성이 가슴으로 전해지고 있어
사랑하는 그대 눈빛이 원하는 곳에
무한한 사랑에도 간절한 그리움을 바라기에
선한 운율로 마음을 연주하고 있어
자유로움 가운데 사랑하며 살아가고 있어
사랑은 자유로움 안에서 의미를 갖게 되기에
사랑은 느낌이야 기쁨이야 평온이야

初판 1쇄

첫 번째 책장

바다를 사이에 두고서
다시 태어난 아담과 이브

그대 영혼의 완성
내 영혼의 완성

그리고 시에게로

사랑하는 영혼의 운율 안에서
사랑하는 존재의 노을 곁에서

6

부유한 영혼에게 —Amina Amor

영혼이 맑은 자 사랑을 할 것이요
사랑을 하는 자 영혼에 눈 뜰 것이요
아름다운 샘에서 목마름을 채울 것이요
호수물결 달이 사랑으로 입맞춤할 것이요

세월(歲月)

1.
먼지 앉은 옛 종이
세월의 아린 향 내음

2.
세월이란 유한함과 무한함을 동시에 내포하고 있어서
마치 일생에 걸쳐 예기치 못한 일이 일어난 기간 또는 특정한
사건이나 감정이 간헐적이게 연속으로 일어난 기간을
부피로 재어 나타낸 시간의 다른 말과 같이 느껴진다
특별한 시간의 기억이라 할 수 있겠다

Image

축축하게 젖은 도시
고인 물에 비친 어떤 망상

가차 없이 회색 물을
밟고 지나가는 도시의 생활

실체가 비친 반영을
무심하게 밟고 지나간다

환상과 욕망의 수열
암묵적 비애의 실천

침투(浸透)

투명한 유리창으로
침투하는 담배 연기는 머릿속에서 후각을 태운다

연기는 옅게 너무나도 옅게
짧은 시간의 삶을 햇볕처럼 스친다

창문으로 옆얼굴에 비춰드는 햇볕은
유리잔의 얼음처럼 차갑고

오후의 방향 없는 열기는 식상함 속에 녹아 버린다

겨울

아름다운 봄날에 찾아온 투명한 먼지

아직은 겨울인 내 마음에
봄의 입김으로 온 봄이 미소짓는다
봄에 다가온 여름의 손짓을 느낀다
아직은 춥다
꽃의 색은 얼마나 아름다운가
단풍의 색처럼 고운 빛깔은 온통 하얗다
바람이 숨소리를 내어가며
언덕길을 걷는다

첫눈

먼 겨울과 가까운 봄 사이 이름 없는 계절
봄이 오는 과정을 관찰한다
더디더디더디더디
하룻밤의 완전한 적막
지나칠 수 없는 운명과 묘한 관계의 자장
어두워지고 가로등불이 켜진다
초승달이 맑게 별들은 밝게 밤하늘에 안겨 있다
검은 커튼의 장막 어둠의 상자에서
빛으로 문자를 잠재운다, 첫눈을 시로 쓸 수 없어서
파도 같은 바람 지금을 채워가는 바람

예술(藝術)

빛

시인은 언어에서 태어나고
화가는 색에서 태어난다
음악은 태초로부터 온 영혼의 울림
무용은 모든 것의 언어이자
바벨탑의 강박으로 잊혀진 무중력의 무게 가운데
선(禪) 유일한 침묵의 언어
철학은 우주로부터 잉태된 고아, 지구의 총아
사랑은 신에게서 태어난
모순과 역설 불가사의 삼위일체
인생은 헤게모니의 사중주
예술은 오로지 아름다움을 숭배한다
지고의 예술가는 자의식에서 태어나
실체를 통하여 명징한 자아만을 남긴다
도그마로부터 끓어오르는 종교의 뜨거운 마그마
피사의 사탑에서 추락한 사랑의 파편은
도무지 보이지 않는다

나는 하나의 믿음으로 하나의 유기체로
존재한다 나는 너를 사랑한다
그리하여 만물의 수는 기다림에서 태어났다

어둠

묵상

새가 날아가는 것에도 마음이 떨린다 영사기에 걸쳐진 필름 네 조
각에 한 남자의 걸음이 노란색으로 지나간다 그 남자가 진한 노란
상의를 입고 허리 높이의 창들을 곁으로 걸어간다 백발이 되어 버
린 푸른 빛의 눈을 가진 거구의 신부가 피아노 건반을 두드린다
연노란 빛에 푸르른 화분들이 이상하리만치 익숙하도록 아름드
리 자라 아름답다 오두막 나무토막을 자르는 월든 호숫가의 자연
이 하나뿐인 벗을 추억한다 레몬 빛 푸른 빛 은행나무 오솔길에
나뭇잎이 아직 추워하는 흙을 덮어준다 노트에 세밀하게 그려진
꽃다발 스케치가 실사물인 꽃보다 생생하다 전화벨 소리는 어느
순간부터 발신자의 심리 상태를 전해 준다 봄이 오는 것은 따뜻한
햇살이여야 함을 가을같은 맑고 파란 하늘과 구름이 일깨워준다
추운 지방의 폭설은 봄까지 이어진다 인간사는 생명과 생존을 통
해서 이어진다 저무는 저녁에 노을이 펼쳐지는 풍경이 아름다운
것은 사랑 때문이다 글을 쓰는 일은 풍선을 불듯이 보이지 않는
공기 같은 이야기를 부피로 확장하는 일이다 책을 읽는 일은 나를
잊고 활자와 함께 활자의 숨소리와 함께 호흡하는 일이다 어둠은
모든 혼란과 무질서를 보이지 않게 한다 그래서 혼돈 속에서 사는
인간은 우주의 암흑에서 평온을 느끼며 그리워하는 것 같다 끊임
없이 무엇인가 지속하는 일은 끝이 있다는 것을 알기에 허무와 함
께 한다 유한의 존재가 무한에 대한 인식과 유한에 대한 자각을

할 때 사물에 대한 시각이 달라진다 하늘이 군청색으로 어두워지고 아파트 군데군데에 불빛이 켜 있다 촉촉이 적셔드는 비가 빗물 내음이 아름답다 생명이 다할 때까지 아름다움뿐이다 생명은 아름다움을 느낄 수 있기에 살아있는 생명으로 아름답다 세상에 있는 모든 존재는 아름답다 아름다움은 모든 것을 초월하는 하나로 구성된 진리이다

기도

마지막 종

종소리의 파장은
영원을 그리며 잡을 수도 없이
무한의 연주를 시작한다

매듭 없는 원들의 파장

오래된 말씀처럼
은줄이 끊어지고
샘물 곁에 항아리가 깨어지고*

*전도서 12:6

관계

나뭇잎 수맥 같은
손바닥 손금 같은
물고기 비늘 같은
생(生)의 껍질

생명의 달

검푸른 혈관이 드러난
발등의 복숭아뼈처럼
차갑도록 뚜렷한 달이
어둠을 질식시킨다

부풀어오른 엄마의 젖가슴이
아이의 시커먼 목구멍 속으로
젖줄기를 뿜어내듯
우유같이 하얀 성운이 흐른다

달이 멀리 보이지 않을 때
달은 암흑의 우주에
생명을 불어넣는다

실핏줄이 파랗게 보이는
여인의 둥근 가슴이
하얗게 어둠 앞에 있다

바다는 침묵하고
밤의 세상은

오로지 보름달을 위해 존재하듯
숨을 죽인다

해가
달관한 노인같이
세상을 다루는 법과 달리

달은
온몸의 관능으로
어둠을 가른다
세상을 깨운다

아침에 일어나면
피어있는 연보랏빛 꽃처럼
신비롭게

아랑가

님 나시어 오시기 깊브나이다
님 여의어 있으니 어둠 밖이나이다
수여래교에서 목련잎을 밟고 여윈 님께 回하니
목련화가 아름답다 흰 나비가 환생하였나 하시더이다
그러고 보니 흰 나비를 살생하셨나이다
금줄로 결박된 사랑의 죄는 시간을 모르더이다
두 사람은 배ㅅ도 없이 바퀴도 없이 걸어다니니
인세의 사람인데 어찌 왔다 하더인가
아름다움이 세속을 구원한다 하여 왔더이다
뱃길 물길이 없어져도 님 여윈 울이 넘쳐 흐르더이다
눈물이 흘러 연곤지가 분홍 꽃으로 만발하더이다
하여 눈을 바라보니 어찌 소문에서 대설까지 말이 내리었던가
진실은 새지 않는 곳이 없는 법이라
지난 책을 모두 불태우고 새로 짓자 하더이다
여기가 어디인가 구름이 꿈처럼 아름다워 아홉 잎이 서슬 푸르다
깊고 깊은 옹달샘의 짝사랑이 가여워 分 넘치나이다
짚단 위의 아이가 누군가 하면 뒤뜰의 동자꽃 달마라
불이 타오르는 눈이 촉촉하게 비치우다
나무와 나무가 불화하여 생긴 일이어라 자화상이라이다
자연의 일은 불립문자라 우담바라꽃이 아름다웁다

손客이 돌같이 차니 함께 반야心경 읽더이다
귀한 신은 영이 없어 달그림자 비치어이다
내ㅅ님 여의어 주고 명경을 가나이다
명경이 얼음 되어 맑게 비추시나이다
예ㅅ피안이 여기로이까 고운 님 다시 만나나이다
마음이 봄이로이다 아름다움이시어라
나로이다 영원으로 사랑하나이다

시인과 시

詩 시는 완전한 비움입니다

詩人 시인은 세속으로 해탈한 깨달음에 이르는 호鳴입니다

詩 시는 절대시간의 침묵입니다 공간의 소리입니다 평온의 경지
입니다

詩人 시인은 우주를 아는 타인입니다 시인은 별의 궤도를 아는 존
재입니다 시인은 타고나거나 태어나거나 만들어지지 않습니다
시인은 시인으로 존재합니다

詩 시는 완전한 나에게로 이르는 깨끗한 영혼의 구토입니다 맑은
정신의 총체적 언어유희입니다 언어예술이라고 일컬어지는 아
름다운 울림, 버림, 느낌, 스침입니다

詩人 시인은 시를 버리고서야 비로소 시인으로 존재하며 진정한
시인은 완전한 시인은 모든 행위가 詩로써 化하여집니다 그러
므로 시인은 시인이기에 존재합니다

詩 시는 신성한 소리를 돌과 뼈에 새긴 영혼의 해석 書입니다

시는 거칠은 마음을 닦으며 떨어지는 묵은 歌志 치기입니다

詩 시는 인류 구원의 암호입니다 신인류의 언어매체입니다

시인의 말

파도 소리에 귀 기울인다

시편들이 누군가의 가슴에 안착하여 싱그러운 꽃을 피우기를...

언어 예술로서의 지적 순수형상미의 추구

홍윤기

일본 센슈대학 대학원 문학박사(시문학)
국제뇌교육대학원대학교 국학과 석좌교수

나는 시인을 가리켜 일종의 '영혼의 엔지니어'라고 주장해 오고 있다. 왜냐하면 시 창작이란 일상 속에서 흔히 남의 눈에 잘 보이는 것을 쓰는 것이 아니다. 남의 눈에는 전혀 보이지 않는 것을 찾아내어 볼 수 있도록 써내야 하기 때문이다. 시란 반드시 난해하고 어려워야 그 의미가 강하고 사유의 깊이가 심오한 것은 아닐 것이다.

시는 언어 예술로서의 지적 순수형상미의 추구 과정이며 인간의 삶의 진실이 담긴 노래로 승화됨으로써 그 참다운 가치가 드러난다.

T. S. 엘리엇은 "시의 참다운 주제는 언어이다"라고 주장했는데, 그렇다면 언어란 무엇인가.

우선 언어는 사고의 용기(容器)다. 이를테면 물을 어떤 그릇에 담느냐에 따라서 그 형태가 변하는 것과 진배없다. 물을 어여쁜 병에 담았을 때 그 형상미는 돋보인다. 접시에 부으면 둥글넓적하

게 나타난다. 투박한 그릇에 담았다면 형상미의 추구는 우선 효과
적으로 이뤄지지 못한다.

　일종의 이데아의 디자인이며 거기서 신선한 이미지가 승화하
는 메타포의 효용도는 드높아지기 마련이다. 이정은 시인은 그것
을 다음처럼 짚었다.

　　시는 이데아다
　　시는 이미지다
　　시는 메타포다

- [시에 대한 세 가지-스승으로부터] 전문

　여기서 필자에게는 프랑스의 철학가며 수학자, 물리학자였던
[팡세]의 저자 파스칼을 떠올리게 되었다. 프랑스 조각가 로댕에
게 찾아가 제자가 되었던 이미지스트 독일 시인 라이너 마리아 릴
케도 다가왔다. 또한 프랑스 심볼리스트 시인 장콕토가 연상된다.

　그렇다. 그는 "뱀 너무 길다"고 함축한 빼어난 시 [뱀]을 노래했
다. 이것은 물론 강력한 이미지의 풍유적 메타포다. 빼어난 이미
지며 탁월한 이데아였다.

　오늘날 한국 시단에서 생경한 이야기가 "시 아닌 시" 즉 비시(非
詩)로 난무하는 시대에 새로운 서정시로서 독자에게 기쁨을 안겨
주는 화자의 [시에 대한 세 가지]는 지성미의 참신한 창작 행위이
다. 시는 읽어서 즐겁고 남이 다루지 않은 이미지의 창출만이 성
공의 첩경이다.

　이정은 시인은 시에 대한 스스로의 절절한 메시지를 통해 절실
한 고독의 시니컬(cynical)한 삶의 메시지를 독자들에게 듬뿍 안겨

주고 있다.

이 시집의 표제시를 함께 음미해 보자.

무엇을 생각하는 사람인가
릴케가 장미 가시에 죽어가듯
마지막 입맞춤으로 지옥의 문을 열다
아담의 오랜 생각은 사과를 떨어뜨렸다
나의 이브여 지옥의 여신
만유인력에 맞서는 신의 손이시여
뱀의 독은 이미 퍼져 갑니다
유다의 입맞춤은 사랑입니까

— [입맞춤] 전문

[입맞춤]은 [시에 대한 세 가지] 클레임(claim)을 역강(力强)한 이미지로서 보다 구상화 시켜 준다.

오늘날은 소위 '인포메이션 리볼루션'(information revolution) 시대가 아닌가. 그러기에 서정적 로맨티시즘(romanticism)의 새로운 시각을 얼마나 빼어나게 감각적으로 처리하느냐에 따라서 모더니즘(modernism)의 합리적 · 기능적 예술 운동을 이 시대에 살려 나갈 수 있다고 본다.

"나의 이브여 지옥의 여신/ 만유인력에 맞서는 신의 손이시여/ 뱀의 독은 이미 퍼져 갑니다/ 유다의 입맞춤은 사랑입니까"(후반부)에서처럼 능숙한 역동적 이미지 처리는 표현 기교로써 시 이미지의 고도의 서정적 메타포 표현법으로서 높이 평가할 만하다.

시인은 풍자적인 새타이어(staire) 수법으로 우리 주변의 방탕한

희화적 현실을 앤토님(antonym, 반의어) 수법으로 신랄하게 시문학사에 고발하고 있다. 아니 화자는 인간사(人間史)의 찬가를 부르며 이 시대 새로운 현대시 알레고리(allegory, 풍유)의 표본을 뚜렷이 제시하고 있다.

> 근력적인 시와 같은 옷을 추구한다
> 침묵은 시의 근육으로 움직인다
> 브람스의 나른함에 시의 음색이 투명하게 입혀져
> 부드러운 음표들은 화학반응을 일으켜 서정으로 결합한다
> 시는 삶으로 떨어지는 신을 생성하는 묶음
> 시의 근육은 영혼을 흡수한다
> 발가벗은 언어에 시는 은유의 골무를 덧댄다
> 뿌리의 맨몸까지 깁는 시의 바느질
> 재봉틀 같은 시인이 되는 것은 절망의 제곱
> 겨울코트에 부딪히는 먼지, 시와 시의 마찰
> 정전기 같은 시로 수축된 시의 근육을 깨운다
>
> ─ ["Muscle Poetry"] 전문

이것은 어쩌면 상징적 수법에 의한 깔끔한 인생훈의 시이다. 이런 시를 두고 고급스런 아포리즘(aporism)의 가편이라 불러주고 싶다.

시인이 인생을 관조하는 진지한 자세, 거기에서 자아를 돌아보는 혜안이 번뜩이고 있다.

화자는 이 작품에서 탁마하여 세련된 시어로 정서가 순수하게 승화된 서정미 넘치는 노래를 부르고 있다.

"브람스의 나른함에 시의 음색이 투명하게 입혀져/ 부드러운 음표들은 화학반응을 일으켜 서정으로 결합한다/ 시는 삶으로 떨어지는 신을 생성하는 묵음/ 시의 근육은 영혼을 흡수한다/ 발가벗은 언어에 시는 은유의 골무를 덧댄다"(2~6행)고 한다. 이는 곧 시란 삶(生)의 참다운 행동 양식이며, 더 나아가 삶의 영원한 가치를 창조하는 진지한 삶의 비전(vision/未來像) 제시의 작업이다.

그런 시인을 가리켜 우리는 '유능한 시인' 이라 부르게 된다. 물론 이 시집의 모든 시가 우수하다거나 빼어나다는 것은 아니다. 요컨대 중요한 것은 이 시집의 여러 시편들 중에는 한국 시문학사에 올라갈 만한 좋은 시가 여러 편 들어 있다는 점이다.

따져볼 것도 없이 종래 우리 한국현대시의 고정 관념을 당당하게 깨뜨린 참신한 아이러닉(ironic, 반어적) 효과 창출이며, 이 가편은 오리지널(original) 시창작 시대를 눈부시게 개막하고 있어 주목하고 싶다.

저녁해가 머무르는 구름 언덕
토끼풀은 아주 조그만 목소리로
속삭이며 바람을 깨운다
퍼덕이는 새의 날갯짓은 짙은 수풀에서
둔탁한 땅을 쪼는다
아름답게 노래하는 샘의 귓속말
태초의 행성이 인류의 이야기를 기다리며
광석과 화석에 생기를 불어넣은 거대한 지표들
소멸로 사라지는 별은
지층에 선명하게 패인 새발자국처럼

작은 놀라움과 흔적을 원한다
자아의 발견과 자각으로부터 생명을 본다
자연은 불완전한 조화와 완전한 혼돈의 역설로
인간사와 문명사를 형언할 수도 없이 보여준다
우연의 질서와 우주의 시간 안에서
토끼풀은 미세하게 생명 그 자체로
하나의 떨림으로 존재한다
미래와 공간을 교차시킬 뿐이다 자유롭기에

　　　　　　　　　　　　　- [토끼풀] 전문

　필자는 생생하게 살아있는 시에는 시인의 숨소리가 들린다고
단언한다.
　"저녁해가 머무르는 구름 언덕/ 토끼풀은 아주 조그만 목소리
로/ 속삭이며 바람을 깨운다/ 퍼덕이는 새의 날갯짓은 짙은 수풀
에서/ 둔탁한 땅을 쫓는다/ 아름답게 노래하는 샘의 귓속말"(앞부
분)에서 독자들도 시인의 내면의 뜨거운 숨소리를 느낄 것이다.
　남달리 뛰어난 시적(詩的) 감성(感性)을 타고나, 새로운 이미지와
메타포를 형성할 때 우리는 그 시인을 높게 평가하게 된다.
　"지층에 선명하게 패인 새발자국처럼/ 작은 놀라움과 흔적을
원한다/ 자아의 발견과 자각으로부터 생명을 본다"(10~12행)는
것은 평범한 서정시가 아닌 예리한 풍자적 문명비평의 시세계다.
　이야기가 아닌 심상(心象), 즉 이미지를 중점적으로 표현하는 이
작품은 종래의 시편들의 자연 예찬이거나 낭만시(浪漫詩)를 밀어
젖히는 이 시대의 새로운 이미지의 메타포 용기(容器)로서 평가할
만하다.

참다운 시의 창작(創作) 의미가 바로 그것이다. 양보다 질이라는 비유가 된다. 이 작품은 시대가 시인을 낳는 것이 아니라 시인이 시대를 낳는다는 것을 보여주는 역편이다.

> 비올라 켜는 여인은 아이가 넷이었다
> 손가락에 닿는 줄은 흰 꽃을 피우는 선인장으로
> 소리에 가득한 가시를 한 음씩 빼내었다
> 네 아이는 비올라에서 태어났고
> 아주 오랜 비올라로부터 자라나는 촉촉한 사막
> 슬프도록 아름다운 활의 자장가
>
>   – [최초의 비올리스트] 전문

[최초의 비올리스트]를 음미하면서 서정적, 낭만적, 상징적 경향이 드러내는 섬세한 시어 구사로 짙은 낭만적 서정성을 밀도 있게 효과적으로 살려내고 있다.

"비올라 켜는 여인은 아이가 넷이었다"고 하는 오프닝 메시지부터 신선감이 충만한다. 비올라(viola)의 4줄 CGDA(제4→제1)를 화자는 연주자의 네 아이로서 상징한 표현 기법이 신선감 넘친다.

언어는 사고(思考)의 용기라는 것을 이정은 시인은 선명하게 메타포 한다. 18세기 명장 안토니오 스트라디바리나 죠반니 프란체스코 프레센다는 명품 바이올린과 비올라를 만든 것으로 이름났지만 이정은 시인은 건강한 이미지의 아이 넷을 시문학사에다 탄생시켰다. 이것은 결코 범상한 표현이 아니며 이 박진감 넘치는 기교적 메타포의 세련미는 한국 시단 근래에 보기 드문 가편을 생산했다고 지적하련다.

오늘의 현대시가 포스트모던(postmodern)의 시예술 운동을 요청하고 있을진대, 화자의 "손가락에 닿는 줄은 흰 꽃을 피우는 선인장으로/ 소리에 가득한 가시를 한 음씩 빼내었다"는 파워풀한 시구로 충만된 감각적 표현미는 합리적이고 기능적이던 20세기 모더니즘을 마침내 극복한 21세기 초두의 눈부신 뉴로맨티시즘(신낭만주의)의 서정적 포이트리(Poetry/시작법)의 새로운 양태이다.

21세기 새로운 시대의 시(詩)는 단순한 리리시즘(lyricism/서정주의)의 노래가 아니요, 무릇 삶의 족적을 각성시키며 발전된 내일에로의 지향의 전진적 사고의 지성적 제시이기도 하다.

반쯤 언 강까지 절벽이 얼음을 깎아 북벽은 지난한 빗물을 쏟았다// 산 담장을 따라 태양이 굴러가며 굵은 빗대가 검은 꽃잎으로 피어났다// 말발굽 소리가 들려왔다 바다에서 버려진 메마른 흙 위로 파도가 쳤다// 강의 폭폭한 안개와 고슬고슬 익어가는 죽음 위로 맑은 술이 흔들렸다// 초승달에 이는 바람 한 점이 강을 건너는 외줄기 행렬의 긴 땀을 마셨다// 물내음으로 씻긴 붉은 비린내 까마귀 한 마리 절벽에 앉아 유유자적// 눈 뜬 별빛이 검은 밤하늘에 흐르기 시작했다 나무 한 그루 베어졌다// 늦가을 석류 열매가 익어 이른 설손 서리더니 알알이 부릅 시작했는가// 갈 곳 없는 멧돼지 갈무리 炭, 겨울나무 줄기 사이에서 흙냄새 그리운가// 돌의 소리, 설운 울음 애달프다 살이 두 숨뿐이니 온 길 따라 청산 가는가

- [시인묵객] 전문

화자는 '시인묵객' 이라는 독특한 제재(題材)를 가지고 일상어를 통해 상징적으로 비유하는 서정적 표현을 하고 있다.

"반쯤 언 강까지 절벽이 얼음을 깎아 북벽은 지난한 빗물을 쏟았다/ 산 담장을 따라 태양이 굴러가며 굵은 빗대가 검은 꽃잎으로 피어났다/ 말발굽 소리가 들려왔다 바다에서 버려진 메마른 흙 위로 파도가 쳤다/ 강의 폭폭한 안개와 고슬고슬 익어가는 죽음 위로 맑은 술이 흔들렸다"(1~4행)고 사물을 의인적 수법으로 비유하며 자기 고백적인 생활의 단면적 표현이 진솔하여 전달이 매우 잘된다.

즉 이 작품은 표면적으로는 서정적으로 묘사하면서도 실상은 예술가의 창작 행위를 아픔의 사회사(社會史)의 측면에서 신랄하게 고발하는 새타이어(풍자)로 충만하고 있다. 즉 "초승달에 이는 바람 한 점이 강을 건너는 외줄기 행렬의 긴 땀을 마셨다/ 물내음으로 씻긴 붉은 비린내 까마귀 한 마리 절벽에 앉아 유유자적/ 눈 뜬 별빛이 검은 밤하늘에 흐르기 시작했다 나무 한 그루 베어졌다/ 늦가을 석류 열매가 익어 이른 설손 서리더니 알알이 부룹 시작했는가/ 갈 곳 없는 멧돼지 갈무리 炭, 겨울나무 줄기 사이에서 흙냄새 그리운가/ 돌의 소리, 설운 울음 애달프다 살이 두 숨뿐이니 온 길 따라 청산가는가"(후반부)라는 설의법을 거쳐 한국 시인이며 화가로서 사고의 내면세계를 문명비평적인 시각에서 풍자하고 있다.

화자는 요즘 좀처럼 보기 드문 리리시즘(lyricism)의 시적 진수를 여실하게 맛보게 하고 있다. 이정은 시인의 이 작품은 형상미적(形象美的) 독일 로맨티시즘(romanticism, 낭만주의)의 대가였던 이미지스트 시인 라이너 마리아 릴케(1875~1926)의 서정미 넘치는 삶의 진실 추구 이미지와 일맥상통하고 있는 시적 자세를 물씬 느끼게 하고 있다.

따지고 볼 것도 없이 로맨티시즘의 시세계는 센티멘털한 표현법이 어느 면에서는 그 특징이자 매력이다. 그러나 화자는 오히려 센티멘털한 세계를 다채롭고 뛰어난 발상법(發想法)을 통해 세련되게 극복하는 테크닉(기교)이 두드러진 시인인 것을 잘 보여주고 있다. 이는 시예술적 효용가치에 대한 시적 비판이라고도 할 수 있는 수작(秀作)이다. 왜냐하면 수사적으로 전편을 능란한 상징적 하이포벌(과장법) 수법으로 온갖 아픔을 세련되게 초월시키고 있기 때문이다. 필자는 이 작품에서 오랜만에 이미지가 강한 빼어난 순수 서정의 형상미적 표현미와 마주치게 된 느낌이다.

이정은 시인은 인생의 깊은 삶의 내면세계를 참사랑의 참다운 의미 추구라는 그 나름대로의 새로운 테크닉으로써 다양한 이미지를 눈부시게 천착하여 메타포하고 있어 우리를 감동시킨다.

백마강 물결에 발 담그니
부여 탑이 층층으로 쌓여간다

섬나라 오사카성 안으로
흐르는 비파 소리

오천 년을 사는 나무
맑게 핀 한 송이 큰 나라 꽃

— [난파진가](難波津歌) 전문

7세기에 일본에 건너가서 일본 왕실에서 정무장관으로 활약한 백제인 왕인(王仁)박사가 일본 최초의 정형시인 [난파진가(難波津歌)]라는 와카(和歌)를 지었다.

이정은 시인은 그 위대한 왕인박사의 업적을 2행 3연시로써 엮어 기리고 있다. 시인의 민족사에 대한 의식을 우리는 아울러 높게 평가해야 한다.

"섬나라 오사카성 안으로/ 흐르는 비파 소리"(제2연)는 무엇을 메타포하고 있는가. 일본 오사카는 왕인이 활약한 고장으로 오늘날에도 그를 추념하는 사당과 사찰이 있고, 작년(2010)에는 오사카시 쓰루하시(鶴橋) 지역의 재일 한국인들이 일본인들과 함께 이쿠노구(生野區)의 미유키모리(御幸森) 신사에다 [난파진가] 시비를 세웠다. 그런 뜻 깊은 오사카에는 임진왜란의 조선 침략자 도요토미 히데요시(풍신수길)가 쌓은 '오사카성'도 있어 화자는 그 아이러니컬한 역사성을 대비시키는 시적 고발을 하고 있다.

필자가 왕인에 관한 문헌을 처음 대한 것은 1970년대 초의 일이다. 그 당시 도쿄의 와세다대학교 인근의 한 고서점에서 필자가 손에 잡은 것은 에무라 홋카이(18세기 한문학자, 江村北海, 1713~1788)의 [일본시사](日本詩史)라는 목판 인쇄본이었다. 이 책 제1권 서두에는 "왕인이 [매화송](梅花頌, 難波津歌로 흔히 부름)을 지어 닌토쿠천황에게 헌시했다. 소위 31문자로 된 와카(和歌)이다"라 쓰여 있었다.

물론 기노 쓰라유키(紀貫之, 882~945)의 [고금집](古今集, 서기 905년 성립) 서문(仮名序)에 보면 "왕인의 [매화송] (난파진가)은 천황 어대에 읊은 최초의 노래이다"라고 밝히고 있다. 말하자면 왕인이 일본의 통치자였던 백제왕족 닌토쿠천황 시대에 최초로

31문자의 와카를 읊었다는 사실이 10세기 벽두의 고대 문헌으로도 일찍부터 잘 알려지고 있다.

여기서 좀 안타까운 점도 간략하게 짚고 넘어가야 하겠다. 근년에 인쇄되어 서점가에 나오는 [고금집](古今集)을 들춰보면 서문(仮名序)을 처음부터 빼 버린 책을 만들어 발매하고 있는 일이다.

어째서일까. 예전에는 모두들 왕인박사를 찬양했는데 요즘은 세태가 변하고 있는 것인가. 내가 보기에는 일본에 왕인을 찬양하는 학자들도 많이 있는데 그렇다.

실은 필자를 놀라게 만든 것은 오늘의 일본 국문학자며 현대시인인 오키 신(大岡 信) 씨다. 그는 지금부터 10여 년 전인 1998년 11월 5일자 [요미우리신문](讀賣新聞)에서 왕인박사의 와카 [매화송](난파진가)을 그의 칼럼(折々の歌)에다 인용 해설까지 하면서 이 와카에다 '작자 미상'(作人しらず)이라고 써놓았다.

한일친선을 생각하면서, 때마침 이정은 시인의 왕인 찬가에 대해 평설을 쓰자니 그 사실이 머리에 떠오름은 어쩔 수 없기도 하다.

여기서 1400년 전, 왕인이 일본 최초로 지었다는 와카 [매화송](난파진가)을 함께 음미해 보기로 한다.

"난파진에는/ 피는구나 이 꽃이/ 겨울잠 자고/ 지금은 봄이라고/ 피는구나 이 꽃이." 고대 일본 왕족이며 귀족들은 누구나 이 왕인의 노래를 [아버지의 노래](父歌)로 찬양하고 외우며 붓글씨를 썼다고 한다.

그 때문에 일본 각지에서는 그 당시의 목간들이 계속 발굴되고 있다. 근년 발굴된 것(1998.11)은 도쿠시마(德島)의 간논지(觀音寺) 유적에서 캐낸 7세기 왕인의 목간이다.

이정은 시인은 이번 시집을 통해 무한한 한국 문단에서의 민족 문화사의 인식 추구라는 그의 눈부신 성장적 방향을 마음껏 발휘한 것을 모든 시인들과 함께 기뻐하며 평필을 마무리하련다.

이정은 시집

입맞춤

•

지은이 / 이정은
펴낸이 / 김재엽
펴낸곳 / **한누리미디어**
디자인 / 지선숙

•

121-840, 서울시 마포구 서교동 395-13 서원빌딩 2층
전화 / (02)379-4514, 379-4519
Fax / (02)379-4516
E-mail/hannury2003@hanmail.net

•

신고번호 / 제300-2006-61호
등록일 / 1993. 11. 4

•

초판발행일 / 2011년 4월 5일

•

ⓒ 2011 이정은 Printed in KOREA

•

값 8,000원

•

※잘못된 책은 바꿔드립니다.

•

ISBN 978-89-7969-385-0   03810